M. E. ABOUT

ET

SA LETTRE A M. KELLER

PAR

JOSEPH DE RAINNEVILLE

———◁◈▷———

PARIS

CHEZ LES PRINCIPAUX LIBRAIRES

—

1861

Tous droits réservés

M. E. ABOUT

ET SA LETTRE A M. KELLER

M. About prétend que depuis plus de deux ans
qu'il a fait connaître au monde sa manière de
voir sur la question romaine, il n'a été fait aucune
réponse à toutes ses attaques contre la Papauté.
Je n'essaierai cependant pas de le combattre sur
ce terrain; après les graves autorités qui ont fait
justice de ses fausses appréciations et stigmatisé
ses irrévérences, je serais bien audacieux. M. About
ne sent pas les blessures; voilà tout ce que cela
prouve.

Dieu merci, la question du pouvoir temporel
est affirmée par les cœurs catholiques et jugée
par toutes les consciences honnêtes.

Mais je me suis souvent demandé quel pouvait
être ce publiciste qui se rit de tout ce que nous
respectons, qui s'attaque avec une fureur icono-
claste à tous les objets de notre vénération et à
tous les monuments de notre culte antique, et
qui, dans son fol emportement, voudrait saper
les bases de notre société catholique.
Suivant le précepte qui recommande de juger

l'homme par son style, je vais tâcher de connaître M. About d'après ses écrits. Pour cela, je
choisirai une récente brochure, la *Lettre à
M. Keller;* là, mieux que partout ailleurs, il sera
facile d'analyser l'écrivain, car cet opuscule porte
un cachet plus spécial de la personnalité de l'auteur.

Je ne veux pas entrer dans la discussion que
soutenait M. Keller ; je dirai cependant un mot
de ce noble combattant, sorti des rangs de l'obs-
curité au jour de la bataille, et qui se montra
grand au premier feu, de l'aveu même de ses
ennemis. Ce n'est pas un soldat ordinaire que
celui qui se bat pour des principes arrêtés et des
croyances religieuses.

L'avènement imprévu de cet orateur a prouvé
une fois de plus la puissance qu'on trouve dans
les sentiments vrais, la force que donne une con-
viction profonde, et l'impression généreuse qu'ins-
pire toujours à l'opinion publique la vue d'un
homme qui surgit, poussé par le sentiment d'une
conscience révoltée et d'un grand devoir de po-
sition à remplir.

Cet homme, simple et froid, s'était senti ému
dans les profondeurs de sa vie modeste, il
trembla que la France ne se fît complice d'une
détestable révolution ; son émotion brisa la glace,
et le cours impétueux de son éloquence en-
traîna cent votants dans le mouvement de ses
idées. Tel fut le rôle de M. Keller dans les grandes luttes oratoires qui eurent lieu sur la question de Rome.

Cette voix puissante, soutenue par d'immenses sympathies dans le pays, s'est fait entendre de nouveau, et son éclat répété, durement cette fois, je l'avoue, vient de réveiller enfin l'adversaire endormi jusque-là dans le charme de ses idées et de ses systèmes. Secoué brusquement par ce rude joûteur, M. About s'est défendu et a répondu par une brochure : voyons de quelle façon ; tel est l'objet de mon étude dans ces quelques pages.

Vous avez de l'esprit, M. About, beaucoup d'esprit. Vous rendez intéressant tout ce que vous aimez et tout ce que vous mettez en scène, depuis votre cousin *le brigadier d'artillerie*, qui jette la poudre de vos *pistolets* à d'innocents *pinsons*, jusqu'à *la bonne madame Keller*. On aime le Gaulois en France, et on lui pardonne souvent de faire le coq. Cependant, c'est trop de prétention à vous que d'être aussi *sérieux dans le fond* que *léger dans la forme*. S'il en était ainsi, ce serait beaucoup de qualités dans un seul homme, et je ne m'étonnerais plus de l'avenir que vous vous êtes ouvert à vous-même avec tant de confiance quand vous avez parlé d'aller siéger à l'Académie à côté de Monseigneur Dupanloup.

La légèreté dans la forme, on peut vous l'accorder ; mais le sérieux dans le fond, c'est bien différent. Vous nous en donnez vous-même la preuve quand vous vous étonnez naïvement que personne, pas même M. Keller, ne pense plus aujourd'hui à proscrire de la publicité votre écrit sur la question romaine. Le fait est que votre livre n'est plus capable de faire du mal. La primeur de vos plaisanteries bien souvent hasardées et de vos spirituelles méchancetés étant passée, il ne s'est rien trouvé dans le fond qui méritât de durer.

Vous avez donc eu là, Monsieur, le vrai succès qui caractérise votre talent, un succès frivole et éphémère comme tout ce qui tient à la simple forme et à la littérature de fantaisie, méchant triomphe de mode, sans solidité, sans racines, comme vous le prouve l'indifférence et le discrédit où est tombée votre œuvre.

Arrivons à juger votre dernière brochure : elle résume bien l'auteur.

Don Quichotte n'est pas mort, son esprit chevaleresque revit en vous, puisque vous faites profession de venger avec votre plume irrésistible toutes les injustices qu'il vous semble voir, et que vous avez juré de *défendre les opprimés* plus ou moins imaginaires *que vous rencontrez en chemin.*

Eh mon Dieu ! **M.** About, pour leur bonheur ne vous agitez pas tant du soin de les révolutionner. Laissez la Grèce, heureuse et calme sous la protection des grandes puissances, redevenir, si elle peut, une nation florissante. Ce n'est pas la faute du roi Othon si ces races languissantes ont de la peine à reverdir. Croyez-vous de bonne foi que Rome gagnerait à devenir une autre fois la proie des barbares et à être mise au pillage, comme l'ont été déjà les arsenaux et les palais de Naples ? Croyez-vous que déjà les anciens États de l'Église n'aient pas fait une triste épreuve que leur vieux gouvernement valait encore davantage que la domination piémontaise, apportant avec elle toutes les petites ambitions déclassées à satisfaire, la corruption de ses employés de tous grades, la conscription, cette dure nécessité des grands gouvernements, ses dettes à payer et la centralisation unitaire qui menace de tuer l'existence de toutes leurs petites municipalités? Non, après tout, les bénédictions du Saint-Père et la tiare du Pape valaient encore mieux pour elles que la dictature piémontaise et le sabre traînant du *Galantuomo !*

Sans plus de modestie dans vos opinions, vous vous prétendez *irréfutable.* Vous avez la prétention de juger l'Italie mieux que personne, ce qui ne vous empêche pas de mesurer toujours les Italiens d'après la mesure morale des Français , erreur capitale qui domine généralement tous les jugements des étrangers sur Rome.

Vous aurez beau aimer l'Italie, vous ne ferez pas que cette nation vaille la nôtre. Si vous compariez sagement Italiens à Italiens, le rapprochement du gouvernement actuel avec les anciennes administrations du Pape, de François II et de Léopold, vous porterait sûrement aux opinions conservatrices.

Que parlez-vous de l'affranchissement auquel aspiraient les peuples ! Le joug unitaire et centralisateur de Turin peut-il être comparé aux libertés municipales dont jouissaient toutes les villes des anciens États de l'Italie ?

Non, il n'est pas vrai, par exemple, que *trois*

millions d'Italiens supportaient impatiemment ce que vous appelez *la domination des prêtres*. Il y a eu conquête piémontaise, par intrigue et corruption partout, par intimidation et insurrection à Bologne, par la force du nombre à Castelfidardo et à Ancône.

La preuve, c'est que dans ce qui restait d'États au Pape, il n'y eut aucun mouvement intérieur jusqu'à cette invasion de Cialdini, commise au mépris du droit des gens et à la façon barbare.

Cette domination des anciens princes était vraiment douce et paternelle. Pour l'accommoder à l'esprit du temps, il était devenu désirable, sans doute, de lui enlever ses formes anciennes ; Pie IX l'avait tenté, trop précipitamment peut-être, au commencement de son règne. Ces réformes, le général de Lamoricière les eût introduites en temps opportun. Déjà il avait mis la main à tout ce qui regardait l'administration ; le Pape l'y encourageait, et telles étaient ses vues politiques : après avoir établi la sûreté de l'État, d'y introduire l'esprit civil de nos codes modernes.

Au lieu de cette rénovation, qu'un temps prochain et un peu de sécurité et d'indépendance eût amenée inévitablement, quel remède empirique a-t-on apporté ? La conquête par les Piémontais, ces Béotiens de l'Italie, bons pour détruire, incapables de réédifier.

Demandez à M. Proud'hon, votre maître en science révolutionnaire. Il ne croit pas à l'unité possible de l'Italie, et voici ce qu'il en dit en concluant sur cette question : « *Tous trois (MM. de Cavour, Mazzini, Garibaldi), s'accordent à pousser de vive force leur pays dans un système de concentration et de militarisme qui pourra bien quelque jour faire regretter aux paysans, sinon aux bourgeois, l'Empereur et le Pape.* » Ces pressentiments sont déjà un fait accompli.

J'admire, il est vrai, que vous vous sentiez le courage de purger la terre des monstres que vous inventez ; et plus encore, que vous en ayez la force, ce que vous nous assurez en vous comparant tout simplement à Hercule : « *Lorsqu'il écrasa d'un seul coup les sept têtes de l'hydre, il fit en gros ce que j'essaye en détail.* »

Mais arrêtez : dans votre satanique vanité, ne vous vantez-vous pas d'avoir *arraché* ce que vous appelez *la clef de voûte de la vieille prison* romaine ? Prenez garde de blasphémer, et respectez cette pierre principale de l'édifice du pouvoir temporel. Cette pierre, nous la croyons d'un roc aussi indestructible que le rocher immuable sur lequel est fondée l'Église. Vos pauvres petites mains s'écorcheront à gratter ce granit divin. Et puis, prenez garde au *geôlier*. Un récent et mémorable exemple vous montre qu'au sortir de ce monde de plus fiers que vous s'humilient devant lui pour passer le seuil de l'autre vie. Ce jour et cette heure viendront, j'espère, aussi pour vous, Monsieur, où vous demanderez pardon.

En attendant, pour nous édifier sur votre manière de vivre, vous avez la bonté de nous introduire dans le sanctuaire de votre vie privée. Quel intéressant tableau ! *Occuper toute l'année un certain nombre d'ouvriers, donner l'aumône aux pauvres, appuyer de son crédit les gens dans l'embarras, faire de sa bibliothèque un cabinet de lecture à l'usage des habitants*, avoir une table si ouverte que vous ne refusez même pas votre *choucroûte* à M. Keller !

Il y a cependant, je l'avoue, quelque chose qui me gâte cette noble existence. C'est la morgue mal placée que vous mettez à ne pas vouloir être *l'hôte de la ville de Saverne*. Il y a trois ans, nous dites-vous, que vous seigneurisez dans ce pays-là ; mais le Roi lui-même, Monsieur, qui était partout chez lui, était reçu par ses bonnes villes. Bon gré malgré, vous, étranger, qui êtes allé demander l'hospitalité au canton de Saverne, vous n'êtes pas *l'hôte dans le sens actif du mot.*

Ingrate Saverne ! qui n'a pas su reconnaître la faveur d'un séjour qui a le don d'*attirer* à Schlittembach *un certain nombre de voyageurs et d'artistes, et de répandre au loin la réputation d'un pays admirable et trop peu connu.*

« *Maître Pierre* » a récompensé Bordeaux, un simple chapitre a payé les Marseillais ; tous les pays du monde visités par M. About seront pourvus, s'il plaît à Dieu, dans l'avenir, selon leurs mérites, c'est-à-dire selon qu'ils auront eu le bonheur de lui offrir *des esprits sympathiques et des cœurs ouverts !*

Voyez, malheureux habitants de Saverne, ce

que vous perdrez à n'avoir pas nommé M. About
conseiller municipal, il vous eût célébré dans sa
prose. Pour comble de maladresse, n'avez-vous
pas été faire un procès à votre illustre concitoyen?
A quoi pensiez-vous, de grâce; M. About est un
homme puissant : au travers des déguisements
oratoires, voyez un peu comme il est arrivé à
faire tomber votre accusation ; car enfin j'analyse
tous les bruits qu'il me donne comme ayant
couru dans le pays, et j'arrive en les combinant
à me faire une explication probable de la façon
dont les choses ont dû se passer : d'une part,
j'entrevois sans surprise l'intérêt particulier qu'on
prête au prince Napoléon pour le journal *l'Opinion Nationale* avec lequel son fameux discours
établit tant de sympathies ; et d'autre part, l'in-
fluence d'un ministre sur un bonhomme de maire
qui aura pris peur de répondre de ces honnêtes
irrégularités si communes dans toutes les petites
administrations municipales.

Instruits par l'expérience, habitants de Saverne,
vous pourriez peut-être avoir la bonne chance
de réparer votre erreur et de rentrer en grâce
auprès de M. About méconnu, en le nommant dé-
puté aux prochaines élections.

Posant ses jalons pour l'avenir, il nous a expli-
qué avec candeur comment il comprend les en-
gagements d'une candidature officielle, en sorte
que le gouvernement est dûment averti de l'a-
vantage qu'il aurait à le choisir. Ce ne serait pas
lui qui ferait comme M. Keller. *Attendez qu'un
gouvernement crédule me recommande ou m'im-*

*pose au choix des électeurs, que vingt-cinq mille
honnêtes Alsaciens, trompés par mon attitude et mes
déclarations, m'envoient au Corps-Législatif pour y
défendre la politique impériale.* A Dieu ne plaise,
dit-il, *que j'accomplisse mon mandat en sens in-
verse et que je tourne contre le gouvernement les
armes qu'il m'aura confiées lui-même.* Quelle magni-
fique réclame !

Je ne peux pas croire cependant que M. About,
malgré son désir d'arriver, veuille se poser impu-
demment en satellite quand même du pouvoir
qui lui dispenserait ses faveurs. Donc, lorsqu'il
s'engage à servir invariablement un gouvernement sur toutes les questions, même sur celles
qui intéressent la conscience, je ne vois qu'une
chose, c'est qu'il accorde au gouvernement français une infaillibilité générale qu'il refuse pour le
spirituel au Pape de Rome (1)! Jamais vraiment,
du temps du droit divin, on n'afficha tant de foi
et de passivité envers l'autorité absolue !

Je crains bien pourtant que cette pauvre ville
de Saverne n'ait pas même cette bonne occasion
de se raccommoder avec le patron qui se pro-
pose à elle. La carrière qu'ouvrent les pro-
tections officielles me semble bien problématique
pour M. About, depuis cet article malheureux
où Icare a brûlé ses ailes en voulant s'élever à la
hauteur de trop brillantes réminiscences emprun-
tées aux grandes figures romaines et florentines.

(1) Voir la *Question romaine,*

M. About prend, il est vrai, très-ingénieuse-
ment prétexte de M. Keller pour remettre dans
son vrai jour le portrait qui s'était dévoilé au pu-
blic sous un point de vue si malencontreux. De
la peinture d'histoire, il tombe humblement dans
le genre et la fantaisie. Mais quelles explications
difficiles et embrouillées ! Le gouvernement ac-
cordera-t-il jamais grande confiance aux protes-
tations de fidèle et personnel service de celui qui
a fait tant dire à la peinture de M. Flandrin :
C'est malheureux de commettre de pareilles fau-
tes à la veille des élections !

Pourquoi aussi, M. About, avez-vous pris l'en-
treprise de refaire le Salon? Vos portraits à la
plume auraient-ils la prétention d'effacer de leur
éclat toutes les toiles de nos maîtres? C'est un
ouvrage qui *prend un temps infini*, nous dites-
vous, mais c'est un *travail ingrat*. Ingrat, c'est
bien le mot; car pour les amis du prince ne
venez-vous pas de nous dire que ce pastiche est
une fantaisie, une pure *œuvre d'art* et qu'on peut,
*si le cœur en dit, le placer au rang des am-
plifications de collége*. Quant aux amis de
l'Empereur, ils ont gardé l'impression du re-
gret avec lequel vous avez semblé plaindre *ce
fils légitime et non bâtard de la révolution française
que la fortune condamne à se croiser les bras sur
les marches d'un trône*. Quant aux militaires, ils
doivent être peu satisfaits que votre héros leur re-
proche *les lenteurs stupides d'un siége* qui nous a
donné la gloire de Sébastopol. Quant à l'Afrique,
elle regrettera *le dégoût* avec lequel le prince *a*

rejeté son commandement supérieur. Quant à moi, Monsieur, je chercherai comme vous *le côté florentin par où le prince se rapproche des Médicis,* et je voudrais trouver surtout *les grâces de cet esprit puissant qui étonne* et *inquiète.*

Résumons ces quelques pages : M. About a du talent dans la forme, une verve souvent heureuse; mais par quel penchant irrésistible se laisse-t-il toujours emporter au paradoxe et au scandale? Sa réponse à M. Keller, mieux qu'aucun autre de ses écrits, nous en donne le secret. Quel culte inouï de sa personne et de ses moindres actions ! Le patriarche de Ferney, dans ses derniers jours, ne s'adorait pas davantage et ne se prosternait pas avec une foi plus grande devant ses propres perfections. Le dernier mot, dans tous les temps, de ces attaques insensées contre les idées que le monde respecte, ne serait-ce donc pas toujours un amour-propre effréné et la triste ambition de se grandir en s'attaquant à de grandes choses? M. About se croirait volontiers le petit-fils du patriarche que nous venons de nommer, et il s'étudie à le calquer; mais qu'il y prenne garde; lui qui paraît si fort en critique artistique, il doit savoir de quel nom peu agréable s'appelle un portrait qui outre les mauvais côtés d'une ressemblance.

Je n'ai pas l'honneur de connaître l'intimité de M. About; mais il semble toujours si sûr de lui-même et si sérieusement soutenu, que je parierais qu'il est le chef de quelque camarilla qui l'entoure complaisamment à Paris et qui le suit gracieusement jusqu'à la campagne.

Livré à lui- même, M. About aurait encore à se défier de ses instincts ; car, on le voit, il attaque pour mordre et s'en prend bien plus volontiers aux individus qu'aux choses ; il a le premier donné l'exemple de ces attaques rudes et personnelles que M. Keller a retournées contre lui.

Si M. About voulait cependant regarder plus froidement et plus bonnement les choses, il réformerait beaucoup de ses jugements, et sa verve n'en trouverait pas moins encore à s'exercer. Sans aller batailler en pays étrangers, que ne nous parle-t-il plus de ce qui nous intéresse davantage, des abus à réformer et de maintes libertés qu'il devrait ambitionner comme nous.

Paris, 22 juin 1861.

Paris.—Imprimerie de L. TINTERLIN, rue Neuve-des-Bons-Enfants, 3.

www.ingramcontent.com/pod-product-compliance
Lightning Source LLC
LaVergne TN
LVHW050303030726
842520LV00006B/2547